환생을 생각한다

환생을 생각한다

초판인쇄 2021년 2월 1일
초판발행 2021년 2월 8일

지은이 | 김종상
펴낸이 | 서영애
펴낸곳 | 대양미디어

출판등록 2004년 11월 제 2-4058호
04559 서울시 중구 퇴계로45길 22-6(일호빌딩) 602호
전화 | (02)2276-0078
팩스 | (02)2267-7888

ISBN 979-11-6072-073-0 03810
값 12,000원

환생을 생각한다

김종상 시조·시집

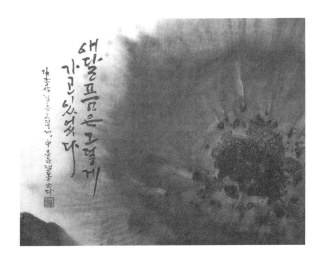

대양미디어

또다시 시집을 펴내며

나라에서는 주택정책이 제일 큰 정치문제로 오르내리는데, 나는 2019년과 2020년에 발표한 시조와 자유시 108편을 모아 『환생을 생각한다』라는 문패를 달고 입주를 시킨다.

신축년 원단에 시인인 강순구 목사가 카톡으로 시화를 보내왔다. 내 시였다. 그런데 이 시를 강 목사가 어떻게 알고 있었는지 궁금했다. 쓴 기억은 있어도 언제 어디에 발표했는지가 생각나지 않았기 때문이었다. 곰곰이 생각해도 쓴 기억뿐이었다. 컴퓨터의 동시방을 샅샅이 뒤졌지만 없었다. 매사를 잘 챙기지 못하는 내 습관 탓이라기에는 너무 황당했다.

이와 비슷한 일은 전에도 있었기에 새 천 년 후반부터는 컴퓨터에 시를 쓰는 방과 발표한 시를 모아두는 방을 따로 만들었는데, 이 시는 어디에도 없었다. 도리 없이 강 목사에게 전화로 물었다. 강 목사는 웃으면서 "깜박하셨군요. 제가 갖고 있으니 다행이네요" 하면서 시가 발표된 문학지와 수록된 쪽수까지 일러주었다. 문학지를 펼치니 거기 있었다. 그제야 기억이 났다. 시를 써주고는 발표한 작품 방에 옮길 것을 깜빡하고 지웠던 것이다. 그런데 발표지를 받고도 또 깜빡했던 것이다. 세상에 이런 건망증도 있는가? 어처구니가 없었다.

이렇게 발표하고도 잊어버린 작품이 또 있겠다 싶어 2019년과 2020년 사이에 발표한 작품들을 서둘러 찾아 모았다. 시와 시조가 108편이었다. 이제는 잊어버린 내 작품을 다른 사람이 찾아주는 창피는 피해야 되겠다는 생각에서 곧바로 한데 묶기로 했다. 작품마다 발표 지면을 밝힌 것도 심각한 내 건망증을 변명하려는 것이다. 또 말놀이처럼 익살스러운 것이나 낙서하듯 가볍게 쓴 것도 모두 똑같은 한 식구로 받아들였다. 그래서 108편이었다.

나는 1959년 경북 경찰국 주최 민경친선신춘문예에 시 「저녁어스름」이 입상한 후 7권의 시집을 펴냈으니까 이번이 8번째 시집이 된다. 이번 시집의 1, 2부는 시조,

3~6부는 자유시로 나누어 6개의 방으로 배정했다. 한 묶음, 즉 한 방에 18편씩인 것은 별다른 의미가 있는 것이 아니다. 시조형식의 글이 36편이라서 두 묶음으로 나누고 거기에 맞추다 보니 그렇게 되었다. 시에는 고향이나 가족, 코로나 19 같은 현실문제와 인생에 관한 것이 많다.

2019년부터 아내 건강이 나빠졌다. 치유가 어려운 것이라 안쓰럽기만 한데, 정작 본인은 자식 생각, 가족들 걱정만 한다. 평생 가정은 하숙집인 양 침식만 의탁해온 나를 보면 앞날이 걱정이라고 한다. 나는 가정을 등외시한 것이 사실이다. 가장이나 부모로서의 임무를 하지 못했다는 아내의 타박에는 할 말이 없다. 그래서 내가 살아온 길이 되돌아 뵈지만 인제 와서 어쩌랴. 함께 가는 날까지 더는 고생이 없었으면 하는 것이 큰바람이지만 인력으로 안 되는 일이니 어쩌랴. 날이 갈수록 지난날의 어머님을 더욱 닮아가는 아내를 보며 이 시집을 경건한 마음으로 세상에 내놓는다.

신축년 원단에
김종상

차 례

◆ **시인의 말** 또다시 시집을 펴내며 · 5

제1부 시조 **어머님과 애련사**

어머니가 끓이는 미역국 냄비 속에서
물결에 흔들리는 미역 숲을 헤치며
싱싱한 멸치 떼들이 헤엄치고 있었다.

- 「미역국 냄비」 부분

제1부 시조

어머님과 애련사

미역국 냄비

화석처럼 딱딱하게 굳어있던 미역과
통째로 말라서 미라가 된 멸치들이
어머니 국 냄비에서 운명처럼 만났다

국물이 끓으면서 파도가 일어나자
딱딱하던 미역과 말라 있던 멸치들이
모두가 다시 살아서 옛 모습이 되었다

어머니가 끓이는 미역국 냄비 속에서
물결에 흔들리는 미역 숲을 헤치며
싱싱한 멸치 떼들이 헤엄치고 있었다.

– 2020년 『PEN문학』의 시 「환생의 바다」를 시조로 개작

알츠하이머

아내가 아프단다. 알츠하이머 치매란다
세상은 때가 오면 절로 잊혀 질 것인데
스스로 그런 세상을 제가 먼저 잊겠단다

애써서 얻은 것과 평생을 모은 것이며
귀하게 받들어서 인연한 모든 것들을
아무런 미련도 없이 잊어가고 있었다

다리는 힘이 빠져 벽을 잡고 일어서고
걸음마도 겨우 하는 여든두 살 늙은 애기
걷다가 균형을 잃고 비틀대다 쓰러진다

말씨도 어눌해져 알아듣기 어려운데
듣고도 금방 잊고 눈만 멀뚱거리다가
무엇이 생각났는지 옹알이를 하고 있다

걸음마도 옹알이도 그마저 잊게 되면
살아온 지난날도 싸그리 지워질 테니
이보다 더 슬픈 일이 어디에 또 있을까.

＊2019년 7월 11일 K병원 MRI. CT실에서
－『신문예 사화집』 2020년 12월

아내

때 절은 옷자락에 칠보를 보듬은 듯
깃털 같은 생애에 태산만 한 자랑으로
혼신의 진액을 모아 자식들을 길렀고

비바람 몰아오면 온몸으로 막아내고
아픈 세월 곤한 삶도 자책으로 돌리며
혼자서 모든 고신을 감싸 안고 지냈지

식솔의 허물들도 자기만의 분복인양
진력으로 닦아내고 거듭 씻어 헹궈놓는
아내의 그 모습에서 어머님을 봅니다.

－『한국현대시』 제24호. 2020 하반기

어머니의 마음

돌멩이는 보석이고 샘에서는 꿀이 솟는
이상향 극락정토를 그린 때가 있었지
내 안에 네가 있을 때 품었던 생각이야

언제나 봄 날씨에 복사꽃이 흐드러진
신선의 땅 무릉도원을 바란 적도 있었어
가슴에 널 안았을 때 가졌던 마음이지

그런 네가 떠나니 내 몸은 텅 빈 폐궁
햇살도 흐려지고 바람마저 남루해져
세월도 기력이 빠져 넝마처럼 낡았네.

－『시조21』제52호. 2020. 봄호

어머님 생각

어머님을 생각하면 마음이 아려오고
잊으려 애를 쓰면 온몸이 저려오니
이것은 고치지 못할 뼈에 박힌 정이죠

오로지 나를 위해 인고도 감수했기
추위와 배고픔도 자기의 잘못인 양
평생을 죄로 여기며 허리 펼 날 없었죠

내 가슴에 안겨서 숨결을 멈출 때는
한순간 온 세상이 황혼 속에 잠기고
서산도 노을에 젖어 눈시울을 붉혔어요.

－『淸溪文學』제31집. 2020. 겨울호

애련사(艾蓮寺)에서

학가산 앞자락에 숨어 앉은 애련사는
방울새 둥지만큼 자그마한 절이지만
밤이면 북두칠성이 추녀 끝에 걸리고

어두움의 장막이 포근히 드리우면
둘레의 산록들은 돌아누워 잠드는데
극락전 아미타불은 초롱초롱 깨어있네

그 옛날 내 어머님 끝없는 원을 안고
수많은 낮과 밤을 지새우며 발원해도
계류만 앙가슴 속을 적셔주던 절이네.

＊애련사는 안동군 서후면 자품리 학가산에 있다.
　어머님은 광흥사, 애련사, 덕진골을 다니셨다.
－『淸溪文學』 제31집. 2020. 겨울호

어머님과 애련사

학가산 애련사는 어머님이 다녔던 절
오랜만에 찾아보니 주변은 변했어도
솔향기 실은 바람은 예나 다름없습니다

도량을 들어서며 법당을 쳐다보니
부처님 참배하는 어느 보살 뒷모습이
그날의 어머님 같아 눈이 젖어옵니다

나를 보고 미소 짓는 극락전 아미타불
천궁을 돌아오는 추녀 끝 풍경소리
숲속을 흐르는 물도 미타경을 읊습니다.

－『경북펜문학』 제14호 초대시. 2020. 12

어머님 소망등

정화수 한 그릇을 소반에 받쳐놓고
종지에 심지 띄워 불을 켜던 내 어머님
가슴이 재가 되도록 기원했던 소망의 등

절간의 연못 안에 환하게 핀 연꽃은
부처님 품에서도 연등으로 밝히시는
어머님 앙가슴에서 타오르던 모정의 등

생전에 품은 원은 눈감아도 못 잊어서
연꽃으로 피어나서 지금도 기원하시나
어머님 그때 모습이 거기 살아옵니다.

－『淸溪文學』 제31집. 2020. 겨울호

부모의 바다

부모님의 사랑은 끝을 알 수 없다 하여
누구나 쉽게 하는 한마디 말이 있으니
더없이 깊고도 넓은 바다라는 것이지

바다는 더럽거나 상해서 버린 물도
구별이나 차별 없이 하나로 받아들여
깨끗이 씻어 걸러서 품어 안는 물그릇

바다는 땅에 있는 오만가지 생약재를
골고루 모아 담고 태양으로 불을 지펴
천하의 제일 보약을 달여내는 약탕관

비바람 눈 서리를 다 받아 잠재우고
자신의 몸을 저며 우리를 길러주신
부모님 그 사랑이란 바다라는 것이지.

–『시향에 젖다』 '서울로미래로예술협회' 엔솔리지 2020. 4. 4

월정사 적광전

합장하고 서있는 단청 고운 일주문
거기를 들어서면 신령스런 부처님 땅
옷깃을 다시 여미며 참마음을 다진다

본가람 금당까지는 울창한 전나무길
계류도 솔바람도 불경을 염송(念誦)해서
모두가 법문에 취해 스님처럼 걷는다

천왕문을 지나서 적광전(寂光殿)을 들어서니
돌아온 연어들을 모천이 품어주듯
자비로 맞아주시는 비로자나 부처님.

＊오대산 월정사에서. 2019. 9. 25
－『淸溪文學』 제27집. 2019. 겨울호

목어(木魚)

속세의 집착이란 버리면 그만인 것
모든 것을 벗어두고 절간에 들어와서
누각에 몸을 맡기고 바람 속에 살지요

물속의 중생들을 다 구할 때까지는
먹는 일과 자는 것에 인연을 끊겠다고
배 속도 다 비웠으며 눈도 감지 않아요

있어도 없는 듯한 목어의 한 소리는
온몸으로 울리는 간절한 서원으로
미망의 물속 중생을 구제하여 줍니다.

– 『시조21』 제52호. 2020. 봄호

메밀꽃 필 무렵

고운 산 맑은 물이 강원도의 자랑인데
이효석이 살았다는 평창·봉평 골짜기는
메밀꽃 하나만으로 유명해진 곳이네

불후의 명작소설 「메밀꽃 필 무렵」의
장돌뱅이 허생원과 순박한 성처녀가
사랑을 나누었다는 물방앗간 메밀밭

지금은 때가 늦어 메밀꽃이 성글어
녹으며 흩뿌려진 싸락눈만 같은데
그들은 어디에 가서 무얼 하고 있을까.

*봉평 이효석마을에서. 2019. 9. 25
−『淸溪文學』 제27집. 2019. 겨울호

도산서원 완락재

멀리는 청량준봉 가까이는 낙강 장류
天恩이 마련해준 제일 명당 도산서원
여기가 정신의 지표 성리학의 중심지

송림이 울창하면 봉황이 찾아들 듯
천하의 준재들이 구름처럼 모여들 때
그중에 퇴계 이황은 대붕이신 큰 스승

스승님을 뵐까 하고 玩樂齋로 찾아가니
사색하며 거니시던 天淵臺로 나가시고
추녀 끝 낙숫물만이 세월처럼 흐르데.

＊안동 도산서원에서. 2019. 9. 21
－『淸溪文學』 제27집. 2019. 겨울호

두물머리에서

뿌리를 달리하여 각각이던 두 나무가
서로의 손을 잡고 붙어서 사는 것을
부부의 금슬에 비겨 연리지라 하고요

발원을 달리하는 남한강 북한강이
쉬지 않고 달려와서 하나로 합쳐지는
여기는 두물머리로 양수리라 하지요

우리도 연리지나 양수리 두 물처럼
뭉쳐서 사는 것이 하늘의 도리인데
남북은 무엇 때문에 등을 지고 있나요.

＊두물머리(兩水里) : 경기도 양평군 양서면의 북한강 남한강이 합쳐지
  는 곳.
＊2020. 7. 13. 용담리 두물머리에서
－『짚신문학』 제22호. 2020. 12

세미원을 찾아서

마음을 씻으려고 물을 따라 왔더니
강물이 저희끼리 나보다 먼저 와서
연못을 독차지하고 몸을 씻고 있었어요

가슴에 심으려고 꽃을 찾아왔었는데
바람이 먼저 와서 세심로를 뛰어다니며
연꽃은 제 것이라며 자랑하고 있었어요

강물은 연을 품고 연 줄기는 물을 씻어
고운 숲 맑은 물을 서로가 아껴주니
바람과 물이 가꾸는 세미원은 수화공원.

*수화(水花) : 연꽃의 다른 이름. 물의 꽃이란 뜻이기도 함.
*2020. 7. 13. 양수리 세미원에서
– 『짚신문학』 제22호. 2020. 12

연꽃을 보며

줄기 속을 모두 비워 사심을 다 버리고
흙탕에 살면서도 청아한 맑은 모습
그래서 청하입니다. 자비로운 푸른 꽃

한 대궁에 한 송이씩 불심을 받쳐 들고
하늘을 우러러서 합장하는 꽃봉오리
그래서 선묘입니다. 천상에서 내린 꽃

이슬도 털어내는 정갈한 둥근 잎은
우주의 모양새와 법륜을 상징하니
그래서 부용입니다. 만다라화 영한 꽃.

＊청하(青荷), 선묘(禪妙), 부용(芙蓉), 만다라화(曼陀羅華)는 연꽃의 다른
  이름임.
＊2020. 7. 13. 세미원 연꽃정원에서
－『짚신문학』제22호. 2020. 12

굼벵이에게

나는 장차 유명한 가수가 되어서
모두가 즐겁도록 노래를 부를 거야
장님에 벙어리면서 가수가 되겠다고?

나는 숲이 주는 이슬만 받아먹고
날개옷을 팔락이며 선녀처럼 살 거야
곱추에 느림보면서 날아다니겠다고?

인내는 쓰지만 그 열매는 달다잖아
나는 그 열매를 위해 인내하는 중이야
개꿈을 바라는 네가 가엾기만 하구나.

– 2020년 『동시에 담은 곤충과 벌레이야기』의 동시 「굼벵이」를 시조로
  개작

굼벵이의 묘지

객사한 굼벵이를 개미들이 문상 왔네
"상주도 하나 없네. 장지는 어디인가?"
개미는 걱정이 되어 장례를 의논했어

개미들은 저희끼리 장지를 결정했네
"할 수 없이 우리가 묘지가 돼야겠다."
각자가 자기 몸 안에 굼벵이를 모셨지.

– 2019년 『文藝思潮』 사화집의 동시 「굼벵이 장례식」을 시조로 개작

포탄이 할퀸 흉터 세월이 지워주고
피로 젖은 상처는 들꽃이 덮을 테니
시간이 약임을 믿고 내일을 기다리자

-「꽃방석을 펼치자」 부분

제2부 시조

인생길 등산길

고향을 찾았더니

아버지 발 때 묻은 산이며 논밭이며
어머니 물을 긷던 향나무 우물터를
옛날로 마음을 돌려 다시 밟아 봅니다

어디를 돌아봐도 흘러간 세월 따라
전설만큼 멀어져간 서러운 옛이야기
물소리 바람 소리만 그날처럼 흐릅니다.

－『現代時調』제142호. 2019 겨울호

고향 집 돌감나무

고향 집 마당 가에 한 그루 돌감나무
몸통이 다 썩어서 속이 텅텅 비었어도
가지에 새잎을 달고 꽃을 곱게 피웠다

노쇠한 몸으로도 한 개 감을 갖기 위해
안간힘을 쓰고 있는 그 모습을 보면서
날 낳아 길러주셨던 어머니를 생각한다

태산보다 넘기 힘든 어려운 보릿고개
감꽃을 주워서는 주린 배를 채워주고
나란히 실에 꿰어서 목걸이도 해주셨지.

그 어머니 오래전에 세상을 떠나시고
나 또한 삶을 따라 고향을 버렸어도
남아서 집을 지키는 돌감나무 한 그루.

– 『시조21』 제52호. 2020 봄호

우리네 조상들은·1

– 붉은 이불 단

아득한 옛날부터 우리네 조상들은
이불 단 한쪽에는 붉은 단을 댔어요
그쪽에 얼굴이 가게 덮고 자게 했지요

외적이 침입하면 모두가 일어나서
붉은 단을 뜯어서 머리띠로 하고는
다 같이 뛰어나가서 적을 막아 싸웠죠

붉은 단은 불길이며 충정의 상징이라
불의는 용서 없이 불태워 버리겠다는
결연한 의지를 보인 조상들의 뜻이었죠.

– 『다온문예』 겨울호. 2020

우리네 조상들은·2
– 마을 앞 동구나무

아득한 옛날부터 우리네 조상들은
삶터가 정해지면 나무를 심었어요
마을의 들머리마다 동구나무 한 그루

외적이 침략하면 모두가 뛰어나와
그 나무를 베어서 싸움에 대비했기
마을을 지켜준다는 신령스런 나무죠

지금도 사람들은 옛일을 기리면서
마을의 평안함과 풍년도 기원하는
중요한 민속제로서 동신제를 올리죠.

– 인천 『다온문예』 겨울호. 2020년

우리네 조상들은·3
– 제사상의 과일

우리네 조상들은 제사를 지낼 때면
과일은 조율이시 네 가지를 중히 여겨
대추, 밤, 배와 감만은 삐짐 없이 차렸지요

양반과 관리들께 착취만 당하면서
못 죽어 살아왔던 한이 많은 천민들은
똑똑한 후손 하나쯤 점지하길 소망했죠

대추는 제왕이고 세 톨 밤은 정승이며
배 씨 여섯 육판서, 감 씨는 팔도 감사
과일의 씨앗 개수로 음덕을 빌었지요.

– 인천 『다온문예』 겨울호. 2020년

우리네 조상들은·4
– 가축들을 생각해서

옛날 우리네 조상들은 집을 지을 때
드나드는 문지방 밑에 개구멍을 냈어요
개·닭이 드나들도록 나들문을 둔 것이죠

옛날 우리네 조상들은 지붕을 덮을 때
추녀 끝은 엉성해도 그대로 두었어요
참새들 거기 들어가 집을 짓게 했어요

옛날 우리네 조상들은 과일을 딸 때에도
나뭇가지 낭낭 끝에 한두 개는 남겼어요
굶주릴 겨울새 먹이 까치밥을 두었어요

–『가교문학』제2집. 2020. 겨울호

우리네 조상들은·5
– 요사채의 보살통

스님의 요사채에는 보살통이 있어서
빈대나 이를 잡으면 거기에 넣었어요
생명은 귀한 것이니 죽이지를 않는 거죠

스님은 바지 끝을 버선목에 넣었어요
몸에서 떨어진 비듬을 버선목에 모아서
보살통 속에 넣어둔 이와 빈대에게 먹여요

생명은 하늘이 준 것 더없이 귀한 거라
불교의 계율에는 불살생이 첫째이기
스님은 그렇게 해서 그 계율을 지켰어요.

–『가교문학』제2집. 2020. 겨울호

보호색

풀밭에 여치는 파란 풀색 옷을 입고
꽃을 찾는 나비는 날개가 꽃잎 같다
사람도 다르지 않아 생활에 몸을 맞춘다

사막에 있는 도마뱀은 살갗이 모래 같고
눈 펄에 사는 북극곰은 털이 눈을 닮는데
사람은 몸만 아니라, 생각까지 보호색이다.

– 2019년 『自由文學』 제112호의 시조 「사람은 생각까지」를 첨삭하고
  제목을 「보호색」으로 바꾸었음.

보리매미

보리 익는 들판에 보리매미 노랫소리
굶주리던 보릿고개 넘기 힘든 눈물고개
노래에 실려 오던 풋보리 푸른 향기

엄마가 쑥을 뜯는 묵정밭 머리에서
찔레순과 찔레꽃으로 주린 배를 달랠 때
보리가 익고 있다고 노래로 일러줘요.

– 2020년 『동시에 담은 곤충과 벌레이야기』의 동시 「보리매미」를 시조
   로 개작.

나도 그랬지

봄에 피는 것을 깜빡 잊고 지난 뒤에
늦게라도 필까 말까 망설이는 동안에
어느덧 여름이 가고 가을도 저물었네

첫눈이 내려서 언 가지를 덮으니까
그제야 안 되겠다 제정신이 들었나 봐
서둘러 꽃을 피우네. 겨울에 핀 개나리

학교에서 풀어야 할 과제를 깜빡 잊고
교실에 혼자 남아 나머지 공부를 했던
그때의 내가 그랬지. 저 개나리 같았지.

- 2019년 『아동문학평론』 172호의 동시 「겨울 개나리」를 「나도 그랬
  지」로 제목을 바꾸고 시조로 개작.

눕지 말고 걸어야

어머니 태반에서 열 달을 누웠는데
세상에 나와서도 요람에 누워 있다가
일어나 걷게 되면서 누리를 누빈 우리

누워서 왔는 세상 누우면 떠난다지
그래서 눕는다는 건 죽는다는 뜻이니
건장한 나무숲처럼 청청하게 서야지

걷는 길은 무한궤도 꽃길을 달렸어도
기력이 다하여서 걸을 수 없게 되면
영원히 다시 눕는 게 우리들의 길이야.

－『한국창작문학』 2020. 겨울호

날이 저물게 되면

어떻게 온 것이며 어디로 가는 건지
기약 없이 왔는 길 가는 곳도 모르면서
자기가 제일이라고 으스대는 사람아

아무리 버티어도 백 년이 어려운데
천년이나 살 것 같이 허세를 부리지만
오늘도 해가 지면서 또 하루가 저문다

누구나 밤이 오면 잠들기 마련이고
잠들면 아무것도 탐할 것이 없는 것을
종내는 우리 모두도 영민할 것 아닌가.

－『한국창작문학』 2020. 겨울호

치병(治病) 중

어쩌다 이리됐나 무엇이 잘못됐나
하찮은 잡균 하나 혈액에 스미더니
신열이 높아가면서 기력이 쇠진하네

정으로 사랑으로 신명을 다 바쳐서
애절한 마음으로 받들어 다스려도
오장은 녹아내리고 온 삭신이 무너지네

하지만 진력으로 쾌유를 기원하면
얼음을 뚫고 피는 복수초 밝은 봄은
기필코 오고 말리라 푸른 광야 한 소망.

－『신문예』 여름호. 2019. 9

인생길 등산길

여일(餘日)이 무료하여 친구들 두세 명과
공원으로 나가서 산책을 시작했더니
건강에 좋은 건 물론 하루가 신선했네

그것이 알려지자 친구들이 모여들고
산책에도 힘이 실려 둘레길로 나섰는데
그 길이 머리를 들며 등산길이 되었지

등산을 하게 되니 높은 산을 찾게 되고
물통에서 배낭까지 장비도 불어나면서
만나서 산에 가는 게 더없이 즐거웠어

그렇던 친구들이 신경통 관절염으로
걷기가 힘들다며 하나둘 떨어졌어
나이를 어찌하겠어 인력으로 안 되지

친구가 줄어드니 의욕도 시드는 데다
기력이 풀어지니 장비도 짐이 되고

등산이 힘에 겨워서 둘레길로 들었네

세월이 갈수록 노쇠에도 가속이 붙어
둘레길도 버거워서 공원에나 나갔지만
그것도 힘에 부쳐서 그만두고 말았지

산 정상을 오르던 자랑은 꿈이 되고
친구들도 하나둘 소식이 끊어지는데
나 또한 세월을 접고 번데기가 되었네.

– 『사상과 문학』 제44권. 2020. 겨울호

빌딩거리에서

세상이 좋아질수록 집들이 높아가니
빽빽이 들어서는 마천루를 쳐다보면
그것이 밀림만 같아 숲이라고 합니다

숲이 된 빌딩 벽은 깎아지른 바위벼랑
새처럼 둥지를 틀고 깃을 사린 사람들
그들은 날개를 가진 새일 지도 몰라요

사람들이 쏟아지는 빌딩 숲 계곡에서
건널목을 건너려고 기다리고 있으면
네거리 신호등에서 새소리가 납니다.

- 『現代時調』 제142호. 2019. 겨울호

꽃방석을 펼치자

줄기가 찢겨야만 움트고 꽃이 피며
새 생명이 날 때는 산고가 먼저 오지
전쟁에 찢긴 땅에도 푸나무는 자란다

포탄이 할퀸 흉터 세월이 지워주고
피로 젖은 상처는 들꽃이 덮을 테니
시간이 약임을 믿고 내일을 기다리자

말로만 하지 않고 실행하는 평화의 길
마음을 활짝 열고 모두가 손 맞잡고
내일의 금수강산에 꽃방석을 펼치자.

–『심정문학』 문학백서. 2020. 2

3·1운동 100주년에

우사 운사 풍백이 무리 삼천 거느리고
단목 하에 내려와 터를 잡은 먼 옛날
단군이 태어나셔서 새 나라를 세웠지

하늘을 받들면서 누천년을 누렸는데
안짱다리 뻐드렁니 왜적들이 쳐들어와
사악한 간계를 부려 이 복지를 강탈했어

금수강산 고운 땅을 갈가리 파헤쳐서
값지고 귀한 것은 모조리 쓸어가고
천손인 백의민족을 노예처럼 부렸지

우리의 전통문화는 미개하다 모략하고
말과 글 얼까지도 싹쓸이 바꾸어서
반만년 빛난 역사를 말살하려 하였어

천인이 공노할 이 만행을 어찌하랴
자주독립 아니면 죽음으로 가겠다며

분연히 목숨을 걸고 하나같이 일어섰지

민족대표 삼십삼인 독립을 선언하고
나라를 찾으려고 만세운동 일으키니
천지인 삼령이 모두 3·1에 감읍했어

그로부터 100주년 올해는 복돼지 해
국격을 생각하며 나라 꼴을 돌아보니
그날의 만세 소리가 통곡으로 울리네.

- 「한국시낭송회의」 제195회. 2019. 10. 25
- 『농민문학』 110호 테마기획. 2019 겨울호

문단사를 영원 속에

– 이양우 傘壽를 祝賀하며

글과 글씨, 그림에 재능이 빼어나면
예부터 그를 일러 삼절이라 하였는데
정곡은 내가 알기엔 삼절이 분명하오

송림이 울창하면 봉황이 깃들이듯
찾아드는 후학들을 은애로 품어 안아
문림의 거목이 되게 북돋우어 주었고

육필을 돌에 새겨 만인이 읽게 하며
자료를 두루 모아 오래도록 보존코자
정곡은 팔십 평생을 그를 위해 살았죠

인생은 유한한데 할 일은 무한이라
용암보다 뜨겁게 속으로 품은 뜻을
오석에 모두 새겨서 영원 속에 남겼죠.

– 『井谷 李洋雨 傘壽紀念文集』 2020. 11

느낌의 무게

화장실

해우소 – (사찰의 거기)
여기에요 – (휴게소 거기)

체중 감량실 – (음식점 거기)
비우고 가세요 – (대합실 거기)

＊별난 화장실 표식을 민조시로 구성함.
– 『서석문학』 제51호. 2019 가을호

고성 월이

고 : 고운 산빛 맑은 물길
성 : 성지 같은 복지 고성

월 : 월이는 붓 한 자루로
이 : 이 나라를 지켜냈다.

–「제2회 고성 월이축제」 2019. 10. 26

월이(月伊)

산자수명 우리 땅에
어두움이 덮쳐올 때

스스로를 불살라서
영세무궁 빛이 되신

월이는 상제가 보낸
월궁의 천녀였어요.

-「제2회 고성 월이축제」 시화전. 2019. 10. 26

너의 생각

아궁이가 식은 것 같아도
속으로는 불을 품고 있다

뵈지 않는 이 뜨거움이
너를 향한 내 마음이다.

–『한국창작문학』 가을호. 2020

가고 남고

세월은 가지만
세상은 남는다

강은 흘러가도
산은 그대로다

부모는 떠나가도
나는 그냥 있다.

– 『한국창작문학』 제17호. 2019
– 『아태문인협회』 기관지. 2019

가을 나뭇잎

꽃 지고 열매 익으면
내 할 일 다 했다고
떨어지는 나뭇잎

몸이 쇠약해지는
할머니 할아버지도
가을 나뭇잎입니다.

– 『한국창작문학』 제17호. 2019
– 『아태문인협회』 기관지. 2019

산다는 것은·1

산다는 것은 여로이다
목적지도 모르며 걷는
쉴 수도 없는 외길이다

같이 할 동행자도 없고
돌아올 수도 없는 길을
가기만 하는 외통길이다.

– 『한국창작문학』 가을호. 2020

시위

사람들은 근무시간 단축과
임금인상을 요구하면서
거리로 나와 시위를 하는데

고속도로 통행료수납기나
백화점 물품 대금 계산기는
그런 일로 시위하지 않는다.

–『淸溪文學』제25호. 2019

옛날과 지금

어릴 적 우리 어머니는
내가 밖에 나가 뛰놀면

주린 배 다 꺼진다고
뛰놀지 못하게 했다

지금의 젊은 엄마들은
아이가 집 안에 있으면

많이 먹어 비만이라며
밖에 나가 뛰놀라 한다.

－『文藝思潮』11월호. 2019

느낌의 무게

아픔과 슬픔은 돌과 같아
마음에 담기면 무겁지

편함과 기쁨은 바람처럼
마음을 부풀려 띄우지

마음은 느낌의 무게를
비웠다 담았다 하지만

세월이 다 비워버리고
끝내는 빈 그릇이 되지.

– 『詩歌흐르는서울』 제46호. 2020. 10

벌레의 생각

나를 벌레라고 얕보지 마라
아래로는 땅을 자리로 깔고
위로는 하늘을 이불로 덮고
세상을 커다랗게 살고 있다

나를 벌레라고 깔보지 마라
입고 있는 옷은 평생 옷이고
먹는 것은 하늘이 마련해주니
언제나 넉넉하게 살고 있다.

– 『天山을 나는 詩人들』 자유문협 사화집. 2019

마음의 창

날마다 나를 보고 깜박이는
저 밤하늘의 수많은 별들은

가슴 설레는 아름다움이며
적막강산 외로움이기도 하다

애달픈 그리움의 정이며
서러운 기다림이기도 하다

밤새워 깜박이는 저 별들은
내 마음의 창에 불빛이다.

－『詩歌흐르는서울』제42호. 2020. 6

삶

몸은
죽은 듯 잠이 들어도

꿈은
살아서 돌아다니지

삶이
그런 것인지도 몰라

꿈같고
허깨비 같은 그림자.

– 『마포문학』 제14호. 2020

아파하지 말게

작은 것이 있기에
큰 것이 더 돋보이지

낮은 것이 있기에
높은 것이 더 우뚝하지

괴롭고 슬프다고
너무 아파하지 말게

불행과 고통이 있어
행복과 기쁨이 더하네.

– 『詩歌흐르는서울』 제40호. 2020. 3

어머니란 사람

뼈와 살을 저며서
내 몸을 빚으시고
자신의 진액을 먹여
이만큼 기르셨는데

다 자란 지금에도
그 짐을 놓지 않고
내 삶의 무게 모두를
지고 가려 하시네.

– 『다온문예』 제12호. 2019 봄호

치매

사람들이 나를 잊으면
나는 자존심이 상해서

내가 먼저 사람들을
잊으려고 하는 거야

세상이 나를 버리면
내 꼴이 뭐가 되겠나

그래서 내가 앞서
세상을 버리려는 거야.

– 『마포문학』 제14호. 2020

호스피스병동

이승이 끝나는
종착역이며

저승으로 가는
시발역이다

모두가 예약된
환승객이라

떠날 시각만을
기다리고 있다.

– 『마포문학』 제14호. 2020

모양에 따라

다 같은 쇠붙이인데도
창으로 만들어지면
남을 해치게 되지

똑같은 쇠붙이인데도
방패로 만들어지면
해침을 막아 주지

있는 본래의 쇠붙이는
똑같은 한 가지였지만
모양에 따라 달라지지.

－『詩歌흐르는서울』제40호. 2020. 3

세월이 가면

미끼

아침을 먹는데
갈치조림 속에서
낚싯바늘이 나왔다

갈치를 낚아온
날카로운 쇠갈고리

누가 갈치를 미끼로
나를 낚으려 했나 보다

먹을 것이 생겼을 때는
미끼를 생각할 일이다.

– 『마포문학』 제13호. 2019. 12

세월이 가면

가을이면 잎은 지고
열매도 모두 떠나가서
가뿐해진 풀나무 둥치

숲은 모두 옷을 벗고
곡식도 몽땅 거두어져
더없이 가벼워진 들판

세월 가면 사람도 그렇지
욕심도 원망도 비워져
홀가분해진 몸과 마음.

-『淸溪文學』제28집. 2020 봄호

소풍날

아이들을 데리고 소풍을 갔다
풀꽃들은 방실거리며 다가오고
멧새들은 재잘거리며 맞이했다

아이들은 순식간에 하나같이
들꽃이 되어 풀밭으로 흩어지고
멧새가 되어 숲으로 날아갔다

나는 방실거리는 풀꽃을 보며
재잘거리는 멧새들과 놀았다
참으로 행복한 소풍날이었다.

– 『한국시낭송회의』 제198회 2020. 2. 28

자리에 따라

하얀 쌀밥 한 술도
흘리면 천한 쓰레기
매우 더럽고 흉해요

맛좋은 생선 토막도
버리면 흉측한 오물
냄새까지 역겨워요

맛있는 밥과 반찬도
놓인 자리에 따라서
값어치가 달라져요.

– 『가교문학』 제2집. 2020 겨울호

개 팔자 상팔자

옛날의 똥개는 똥이나 주워 먹고
집이나 지키다가 보신탕감이 됐다

애완견이 된 뒤로는 쌀밥을 먹으며
집 안으로 들어가 사람과 어울렸다

반려견이 되고는 사료를 주식으로
안방 차지를 한 귀한 가족이 되었다

아기로 불리며 요람에서 지내고
유모차로 나다니는 개도 늘었다

이처럼 받들어지는 개는 죽어서도
주인을 상주로 추모공원에 간단다.

– 『文藝思潮』 초대시 2020년 12월

그리움 나무

내 마음 한구석에
네가 심은 정의 씨앗

그것이 싹이 터 자라
꽃나무로 우뚝하네

매서운 눈바람에도
뜨거운 뙤약볕에도

아랑곳하지 않고
끝없이 벋어가면서

향기가 누리를 덮네
그리움 나무 한 그루.

– 『마포문학』 제13호. 2019. 12

매미의 주검

수레바퀴에 치여서
매미가 부서져 있다

소나기 같던 소리가
산산조각이 나버렸다

재롱스럽던 한목숨이
갈가리 찢겨 흩어졌다

어린이들의 고운 꿈도
먼지가 되어 날아갔다

여름 이야기 한 자리가
순식간에 지워져 갔다.

－『마포문학』 제13호. 2019. 12

세상을 있게 하는 힘

누에는 나방으로의 새 삶을 위해
스스로 몸을 풀어 자기 관을 짜고

굼벵이는 매미로서의 환생을 위해
지하에서 십여 년간 고행을 한다

연어는 태어날 새끼를 위하여
모천을 찾는 죽음의 행진을 하고

가시고기는 죽어서 몸뚱이마저
새끼들 밥과 집으로 넘겨준다

꿈과 사랑을 위한 이런 희생이
세상을 버티고 있는 힘이란다.

-『한국현대시』 2020 상반기호
-『명작가선』 문학세계 사화집. 2020

숲과 도시

풀이 무성한 숲에 가면
싱싱한 나무들과 더불어
새가 있고 다람쥐가 살고

늙은 바위가 이끼를 덮고
팔베개를 하고 누웠는데

여기 도시를 돌아보면
빽빽한 빌딩들 사이로
드론이 뜨고 차가 달리고

인형을 닮은 사람들과
기계들도 살기에 바쁘다.

– 「포켓프레스신문」 '향기나는 시' 2020

어떤 만남

만남은 인연이라지만
하필이면 야구공이냐

인연은 숙명이라지만
어쩌면 야구방망이냐

때리고 맞으려고 만난
야구공과 야구방망이

이런 서로의 만남은
무슨 인연이라 하나

함께 해야 환영받는
묘하고도 별난 관계.

– 『詩歌흐르는서울』 제41호. 2020. 4

꽁초

사는 일이 꽁초만 같다며
절망하거나 자학하지 마라

무언가 불안하고 우울할 때
안정을 주는 망우초 한 모금

괴롭고 슬픈 일이 있을 때
위로가 된 상사초 한 가치

하루가 힘들고 막막할 때
벗이 되어준 권연 반 토막

나의 타는 가슴을 대신하여
자신을 태우고 버려진 꽁초

내 삶이 진정 꽁초만 같다면
나는 타인의 큰 위안이겠다.

– 『대산문학』 창간호 초대시. 2019. 12

나의 상전

전화번호를 모두 외워 두고
이름만 대면 다 연결해준다

약속한 것은 꼭 기억했다가
날짜와 할 일까지 일러준다

가는 길을 미리 잘 살펴서
조금도 차질 없이 안내한다

놀이기구도 모두 갖고 있어
나를 잡고 놓아주지 않는다

궁금한 것은 다 알려주고
복잡한 계산까지 해준다

스마트폰 그 괴물이 생겨
내 상전 노릇을 하고 있다.

－『청계의 향기』 제2집. 2020

내일은

창자를 에는 듯한
속앓이가 없다면
어찌 진주가 빚어지며

줄기를 찢어내는
아픔을 겪지 않으면
어찌 꽃이 피겠는가

젊어서의 고생은
사서라도 하라시던
어른들 말을 생각하자

가파른 언덕길을
숨 가쁘게 넘어가야
넓은 들판을 만난다.

-『淸溪文學』제25호. 2019

마음에 없으면

마음에 담지를 않으면
보아도 보이지 않고
들어도 들리지 않는다

마음에 두지를 않으면
아무리 귀중한 물건도
욕심이 생기지 않는다

마음에 품지를 않으면
나를 해치려고 하여도
대적할 생각이 없단다

마음에 새기지 않으면
기쁨도 슬픔도 아픔도
상관할 일이 아니란다.

- 『청일문학』 제10호 초대시 2020. 11

만나는 상대

모르는 사람이
내 앞을 막았어요
몹시 화가 나서
시비가 되었어요

커다란 바위가
내 앞을 막았어요
콧노래를 부르며
돌아서 피해가요

만나는 상대가
마음이 빈 것이면
내 마음도 저절로
환하게 비워져요.

– 『詩歌흐르는서울』 제41호. 2020. 4

모두가 축제란다

가을꽃 축제장 한강 둔치는
난만한 꽃들로 멀미가 나는데

촛불의 시위장 시청광장은
손에든 불빛에 눈이 부신다

색동이 고운 삼각산 단풍은
금수강산을 그리고 있는데

광화문거리 태극기 행진은
흔드는 깃발에 함성이 인다

나만 되고 너는 안 된다며
모두가 자기만이 제일이라니

아, 대한민국! 나라 전체가
흔들리는 바람이고 물결이다.

– 『청계의 향기』 제2집. 2020

무등산

풍광을 찾아
풍광에 끌려 오른 무등

천왕봉, 지왕봉, 인왕봉
나란히 어깨를 맞춘 정상

등급이 같아 무등이다
차등이 없어 무등이다

절경에 취해
절경을 품어 안은 무등

서석대, 입석대, 광석대
똑같이 진경산수화 병풍

공평해서 무등이다
평등해서 무등이다.

– 『남도관광순례명시집』 현대문예. 2020

빨래를 보며

때가 묻고 구겨진 옷가지를
세탁기로 빨아 다림질을 했다

꼬질꼬질하던 때가 빠지고
쭈글쭈글하던 주름이 펴졌다
새 옷처럼 깨끗하고 반듯해졌다

사람도 세상을 살다 보면
바람맞고 먼지도 묻어서
곱던 마음에도 때가 끼고
행동에도 구김살이 생긴다

사람이 그렇게 되었을 때
때 묻고 구겨진 빨래처럼
깨끗이 빨아 다렸으면 한다.

– 『詩歌흐르는서울』 제42호. 2020. 6

세월에 고용되어

삼신할미의 실수

염창동 경의선 숲길에서
참새와 비둘기가 죽었다
백여 마리가 떼죽음을 했다

산책을 나왔던 사람이
제 옷에 새똥이 떨어졌다고
독약을 갖다 뿌렸다고 한다

함께 즐겨야 할 숲길
같이 살아갈 한 세상인데
어찌 그렇게 할 수 있을까

혼자만 살아야 할 사람을
여럿 속에 내보낸 것은
삼신할미의 큰 실수이다.

– 『文藝思潮』 2020년 12월

새롭게 해준다

하루가 지나가면
묵은 어제는 가고
새로운 오늘이 온다

새 하늘이 열리고
바람 소리 물소리도
새로운 것이 된다

가는 것은 낡은 것
오는 것은 싱싱한 것
생각도 기분도 새롭다

세월은 흘러가면서
헌것을 새것으로 바꿔
나를 새롭게 해준다.

－『淸溪文學』제28집. 2020 봄호

세상살이

배가 부른 사람은
음식 맛을 잘 몰라요
한쪽으로 치우치면
전체를 바로 못 봐요

몸이 건강한 사람은
병약한 설움을 몰라요
무어나 직접 겪어봐야
진실을 알 수 있지요

젊은 사람이 함부로
삶을 말해서는 안 돼요
끝까지 살아보지 않고
세상을 어떻게 말해요.

– 『가교문학』 제2집 초대시. 2020 겨울호

세월에 고용되어

세월은 우리를 일꾼으로 부립니다
농사를 지으면 곡식으로 삯을 주고
회사일 잘하면 급료에 수당도 주고
일한 만큼 먹고 입고 쓸 것을 줍니다

우리는 세월에게 고용된 일꾼입니다
일해서 받은 품삯을 아껴 모으면서
후대를 위해서 자식까지 길러내면
노력한 만큼 보답을 받게 됩니다

그러나 고용 기간이 끝나게 되면
기력도 쇠진하고 할 일도 없어져
고용주로부터 강제로 해고됩니다
빈손으로 세상을 떠나야 합니다.

－『농민문학』 111호 테마기획. 2020 봄호

우리는 하나
– 전국체전 100주년에

전국체전 백 년이다. 힘의 제전 백 년이다
건강을 자랑하며 체력을 길러왔다

체력은 국력이다. 넘치는 힘과 재주
체전에서 힘을 기른 우리가 국력이다

국력이 강해지면 생각도 넓어지고
생각이 넓어지면 모든 게 좋아진다

전국체전 백 년이다. 민족 축제 백 년이다
몸과 마음 다하여 힘과 재주 길러왔다

지구마을 인간 가족 손에 손을 맞잡고
모두가 하나 되는 세기의 화합이다

전국체전 평화의 장 더더욱 드높여서
다가올 새 백 년을 다 함께 축복하자.

– 2019년 5월 25일. 詩歌흐르는서울 주최「전국체전 100주년 기념 시
　낭송회」

작아도 큰 괴물

하늘에도 울타리를 세우고
바다도 바리케이트를 쳐서
오고 가는 길을 모두 막았다

학교도 문을 닫아걸게 하고
종교적 모임도 못 하게 해서
마음과 생각이 굳어가고 있다

음압 병동의 환자와 보호자는
창을 통해 바라만 보게 되니
너무나 안타까워 눈물뿐이다

모두 코로나의 눈치 때문이다
제일 작고 단순한 바이러스가
크고 무서운 회대의 괴물이다.

– 『한국불교아동문학회』 연간집. 2020

코로나의 경고

입만 열면 막말이니
입을 막으라고 한다
말로써 말이 많으니
말을 하지 마라 한다

모두 구린내가 나니
떨어져 지내라 한다
서로 등을 돌렸으니
모이지도 마라 한다

혼자만 잘 살겠다니
만나지도 마라 한다
그것을 할 수 없다면
자기가 데려 가겠단다.

– 『한국불교아동문학회』 연간집. 2020

코로나 찾기

코로나는 빛의 고리이다
태양의 거죽을 휘감으며
활활활 치솟는 불길이다

풍요롭고 향기로운 초록별을
쓰레기더미로 만든 인간들을
그 불길로 쓸어버리려 한다

"체온 좀 재보겠습니다."
정체가 보이지 않는 코로나는
뜨거운 열기로 찾아야겠기에
가는 곳마다 체온을 재고 있다

우리는 모두 코로나의 땔감
몸의 뜨거운 정도를 가려서
코로나의 행방을 찾는 것이다.

  -『詩歌흐르는서울』제47호. 2020. 11

허깨비와 전쟁

정체불명의 무적 용병들이
선전포고도 없이 기습했지만
어떤 정보도 갖지 못한 우리는
허깨비와 전쟁을 하게 됐다

그들이 가진 무기는 물론
전략도 전혀 알 수 없으니
마스크와 거리 두기를 방패로
불 맞은 멧돼지처럼 허덕이며
패주만 거듭하고 있는 우리는

초라한 목숨 하나 보전코자
고치 속의 번데기가 되어
아지트에 웅크리고 있지만
승리로 우화해 비상할 날은
어느 누구도 예단할 수 없다.

– 『詩歌흐르는서울』 제47호. 2020. 11

제비꽃이 부럽다

사람은 자식이란 흔적 몇 남기고
세상을 떠나면 그것으로 끝이지만
풀은 말라버려도, 나무는 베어져도
새롭게 싹이 나고 움이 돋기도 한다

한목숨 세상을 이어가는 지혜가
사람이 어찌 풀이나 나무를 따르랴
천지개벽 이래 세상 떠난 사람이
싹이나 움으로 돋아난 적은 없었다

마스크와 장갑으로 무장한 사람들이
뵈지 않는 코로나 19의 눈치를 살피며
서로 외면을 하고 나다니는 마을 길

깨어진 보도블록 틈새에 끼어서도
파란 잎과 보라색 꽃을 자랑하는
제비꽃의 천연스런 모습이 부럽다.

– 대구 『도동문학』 연간집 초대시. 2020

두 할배

돌띠고름에
밑 터진 바지로
죽마를 타던 두 할배가

백발에 새우등이 되어
오랜만에 서로 만났다

"이 문둥아,
 니 아직도 안 죽었나?"

"그래, 니 뒈지는 것
 보고 갈라고 기다렸다."

두 할배는 하도 좋아서
서로 등을 두드리며

젊은 날에 드나들던
금복주 할매집을 찾는다.

－『대구테마동시집』2020. 9. 1

보길도

한 세상 사는 길에
함께 만나게 된다면
벗 아닌 게 무엇이랴

내 벗이 몇이냐 하니
수석과 송죽이라
동산에 달 오르니
그 더욱 반갑구나

물과 돌, 솔과 대와 달을
벗으로 삼았던 거인
보길도의 고산 윤선도

자연을 사랑하고
나랏일을 걱정하며
순간을 영원처럼
살다가 간 큰 사람.

－『남도관광순례명시집』현대문예. 2020

우정

너와 나는 마주 보는 섬
우리를 이어주는 연륙교는
바닷바람이 조금만 불어도
흔들리게 되는 현수교

몸이 휘청거리는가 하면
어지러울 때도 있지만
오고 간 만큼 정이 가리니

바람 없는 바다도 없지만
바람에 흔들리지 않는 것이
세상 어디에 무엇이 있으랴

흔들림을 걱정하지 말자
그것은 그네와도 같아서
익숙하면 재미를 더하리니
함께 흔들리며 오고 가자.

– 『한국현대시』 제23호. 2020 상반기

만남의 인연

이 세상 어딘가에는
절대로 닳거나 무너지지 않는
아주 크고 단단한 바위로 된
일만 이천 개의 봉우리가 있어요

봉우리 위로 삼 년마다 한 번씩
하늘 사람이 날아서 지나가는데
날개옷 고름 끝이 봉우리를 스쳐
산이 다 닳아서 평지가 될 때를
날 수로 헤아려 한 소겁이라 해요

소겁이 열 번 겹쳐 중겁이 되고
중겁 다음으로 대겁을 지나서
영겁이라는 먼 세월이 있대요

우리는 서로 만남의 소중함을
'영겁의 인연'이라고 하는데
그 말의 무게를 생각해봅니다.

* 법화경의 반석겁 : 무한대의 시간 단위.
－『詩歌흐르는서울』제25호. 2019. 1

물

세월은 유수 같다지만
스스로 흐르지 않으면
실체가 없는 허깨비인
삶이 곧 그 유수인 것

한 세상 살아가는 일은
물처럼 흐르기 마련인데
나는 흘러 무엇이 될까

달맞이꽃으로 스며들어
샛노란 그리움이 되고
장미 덩굴을 타고 올라
새빨간 정열로 피는 물

우리 그렇게 흐르면서
서로가 서로에게 젖어
새로운 옥수로 솟아나는
사랑의 감로수가 되자.

– 「상주문협 낙강시제」 2019. 9. 27

장갑이 되자

공원이 된 옛 경의선숲길에
동상으로 만들어 세워 놓은
철길을 걷는 어린이 상이
가을에는 단풍 관을 썼더니

첫눈이 내리는 오늘은
방한모에 털목도리를 하고
손에는 장갑을 끼고 있다

따스한 어느 고운 마음이
눈바람 속에서 떨고 있을
이 어린이 상을 생각하고
나보다 먼저 다녀갔구나

변하는 날씨를 탓하지 말자
춥다거나 따뜻함이란 것도
오로지 마음 갖기에 달린 것

모두 어린이 상을 생각하는
방한모와 털목도리가 되자
서로가 서로의 손을 잡아줄
한 켤레 따뜻한 장갑이 되자.

– 『다온문예』 제12호. 2019 봄호

산다는 것은·2

내가 가는 길에
걸림이 있다고
운명을 탓하지 마라

흐르는 물도
부딪칠 돌이 있어야
맑은소리가 나고

나뭇가지도
껍질에 금이 가야
잎과 꽃이 핀단다

산다는 것은
새로운 시련을
이겨내는 일이다.

– 『서석문학』 제51호. 2019 가을호

내 안에서 그들이

길을 걸으며 생각한다
나는 소고기를 먹었지

수영을 하며 생각한다
나는 생선도 먹었다

팔팔하던 그들의 힘이
내 안에서 살아난다

텃밭을 매며 생각한다
나는 채소를 먹었지

논밭을 보며 생각한다
나는 곡식도 먹었다

푸르던 그들의 생명이
내 목숨으로 이어졌다.

－『文藝思潮』 11월호 초대시. 2019

나의 타는 가슴을 대신하여
자신을 태우고 버려진 꽁초

내 삶이 진정 꽁초만 같다면
나는 타인의 큰 위안이겠다.

- 「꽁초」 부분

환생을 생각한다

캠프 파이어

장작을 쌓아놓고 불을 붙인다
장작은 죽어서 버려졌던 나무
불을 당기자 살아나서 소리를 낸다
타닥 타닥, 화르륵 활 활 활……
불꽃이 깃발처럼 펄럭인다

불꽃은 어두운 밤하늘을 휘저으며
수수만의 불티를 흩뿌린다
불티는 은하수 별들만큼이나 반짝이며
까맣게 깊은 하늘 속으로 빠져들고
장작불은 계속 불꽃을 피워 날린다

장작불을 향해 둘러선 우리들은
어깨동무를 하고 노래를 부르며
빨갛게 익은 서로의 얼굴을 쳐다보니
서로의 눈동자들이 불꽃으로 타고 있었다
우리 모두는 불붙은 장작이 되어
뜨겁고 환하게 함께 타오르고 있었다.

– 『농민문학』 114호 테마기획. 2020 겨울호

옛이야기

바쁜 일상 속에서도
문득 떠오르는 게 있다

벌써 전설이 되어버린
박꽃 피는 싸리 울타리며
어머니 치마폭에서 내주던
감자 몇 알의 따스했던 사랑

세월 따라 빛이 바래갈수록
애틋하게 떠오르는 옛이야기

어깨받이에 소금이 하얗도록
뙤약볕 아래 김매시던 아버지
그의 광대뼈를 타고 흐르던
굵고 진한 땀방울의 무게

그때의 어머니, 아버지는
떠나가신 지 오래되었어도

수수 이삭에 참새들 모일 때면
들국화 노오란 오솔길을 따라
황혼을 흔들며 오던 워낭소리
갈수록 새로워지는 옛이야기.

－『韓國詩』 1997. 11. 「향수」를 첨삭
－『文藝思潮』 제358호 초대시. 2020. 10

돌아간다는 것

우리는 어느 먼 전생으로부터
어머니 몸을 빌려 현생으로 왔지

얼마간 요람에 누워 지내는 동안
귀와 눈이 열려 이생을 알아가고
일어나 걸으면서 할 일이 생겼지

일이 불어나며 생각도 많아지고
생각을 따라 고뇌도 더해지면서
삶이란 정신없이 바쁜 나날이었지

하지만 세월은 혼자 가지 않았어
모든 것을 데리고 가는 것이었지

그런 세월을 따라 몸도 낡아갔어
기력이 빠지고 걸음도 둔해지고
눈과 귀도 흐리고 말도 어눌해졌지

하고 많던 일들도 차차 줄어들어
끝내는 일을 놓고 자리에 누우면서
오기 전 세상으로 다시 가게 되지
돌아간다고 하는 것이 그래서이지.

- 『청일문학』 제10호. 2020. 11

탐하지 말지어다

조금만 참고 기다려라
내가 가진 것 모두가 곧
너에게 가게 될 것이다

내가 늘 자랑하는 저택
값지다는 귀중품 모두도
저절로 너에게 갈 것이다

땅과 하늘도 마찬가지야
몽땅 네가 거저 가져도
누구도 시비하지 않을 거야

어디 그것뿐이겠느냐
맑은 공기와 밝은 태양이며
넓은 우주와 영원한 시간도

잠시 빌려 쓰는 것일 뿐
세월이 가면 돌려줘야지

어느 것도 내 것은 없어

조금만 기다리고 있으면
너에게 다 가게 될 테니
급하게 탐하지 말지어다.

– 『文學世界』 초대시. 2019. 9

골목길의 전신주

내 몸을 광고판으로 아는가
온통 광고지로 도배를 했다

-빠른 인력, 좋은 일감 창출-
-싸고 넓은 셋방 있습니다-
-여기 쓰레기 버리지 마시오-

그것뿐이면 그래도 괜찮지
강아지들은 나에게로 와서
한 다리를 들고 쉬를 하고

늦은 밤 주정뱅이들도
더운 오물을 깔기는가 하면

어느 노숙자는 달밤이면
헤어졌던 가족을 만난 듯
두 팔로 나를 껴안고는
서럽게 흐느끼기도 한다

이런 내가 안타까웠던지
민들레는 곁으로 다가와
작은 꽃대를 세우면서
나와 키를 맞추려 한다.

－「한국시낭송회의」제196회. 2019. 11

나를 버렸다(遺棄吾)

살아남으려면 그래야 된다고
너를 향해 무차별 총질을 했는데
총알은 모두 내 가슴에 와서 박혔다

너희들을 죽여야 내가 산다고
죽자구나 불벼락을 퍼부었는데
잿더미가 된 것은 우리 집이었다

넝마처럼 찢겨져 쓰러진 것은
나와 함께 했던 이웃들이었고
내가 사랑했던 부모·형제들이었다

6·25는 이렇게 유기오(遺棄吾)였다
내가 나를 유기해 버린 것이었다
그 아비규환의 날이 1129일이었다

마귀로 날뛴 1129는 한이 되어
112는 범죄신고 긴급전화로 바뀌고

119는 항시 대기 구명 전화가 되었다

강토가 찢어진 그대로 일흔 해
이제는 하나로 꿰매어야 한다
다시 온전한 우리가 되어야 한다.

– 『농민문학』 112호 테마기획. 2020 여름호
– 6·25 한국전쟁 70년 테마기획

미리내 전설

나는 가슴에 별을 품고 산다
소리도 손길도 닿지 않는
마음의 까마득한 깊이까지
찬란하게 자리한 빛의 방울

세상에 생겨난 모든 것은
자기를 알아주길 바라고
자취가 남겨지기를 원한다

냇물이 졸졸거리는 것도
바람이 나를 스치는 것도
존재를 알리기 위한 것이다

소리를 내지도 못하고
행동하지도 않는다면
어떻게 자기를 알릴 것인가

소리도 손길도 닿지 않는
별들도 자신을 알리려고
반짝반짝 빛을 보내오지만

내가 보고 있는 별빛, 그것은
이미 사라진 지 오래인
그들의 허상인지도 모른다

은하의 별빛으로 베를 짜고
풀피리를 불며 소를 몰던
견우와 직녀의 옛이야기는

내 가슴 속에 살아있는
어머니, 아버지 생애 같은
아득하기만 한 빛방울이다
미리내를 흐르는 먼 꿈이다

나는 몰래 별을 품고 산다
멀어간 어머니 아버지의
아픈 허상(虛想)을 품고 산다.

– 『농민문학』 109호 테마기획. 2019 가을호

강의 내력

처음은 풀잎을 미끄럼 타던
개구쟁이 물방울이었겠지
곤두박질로 떨어져서는
흙 속으로 기어들었을 게다

흙 속에서 여럿이 만나서는
서로 반갑게 손을 맞잡고
함께 길을 떠났을 것이다

갑갑한 흙 속을 빠져나와
풀숲을 기어 다니다가
졸졸졸 노래하며 흘렀겠지

흐르면서 몸이 불어나고
힘도 늘고 걸음도 빨라지고
앞길도 점점 넓게 열려갔다

산도 한발씩 뒤로 물러서고
다가오는 들판도 길을 터서
갈수록 막힘이 없게 되었다

이제 물은 물방울이 아니다
귀여운 개구쟁이는 옛날이다
산과 들을 누비는 강물이다
세상을 가꿔가는 큰 힘이다.

– 『세종문학』 제9호 초대시. 2019 겨울호

산다는 것은·2

한 세상 산다는 것은
죽자꾸나 먹는 일이다

갓 피어난 풀잎을 먹고
씨가 되려는 열매를 먹고
들판의 곡식도 다 먹는다

짐승도 잡아 삶아 먹고
물고기도 건져 끓여 먹고
작은 곤충도 구워 먹는다

산과 들판은 쪼개어 먹고
빌딩 같은 것은 통째 먹고
돈을 떼먹고 양심을 먹고
욕을 먹고 원망도 먹는다

먹고 먹고 끝없이 먹고는
뱉고 토하고 싸고 흘리다가

세상을 더럽히고 망쳐놓지

한 세상 산다는 것이란
그렇게 먹고 싸다가
종내는 껍데기만 남아서
쓰레기로 버려지는 것이다.

– 『청일문학』 제10호 초대시. 2020. 11

불이란 동반자

원래 불이라는 것은
하늘이나 화산이 가진
무서운 힘이었지만

숲이 무성해지면서
나무끼리 서로 몸을 비벼서
불을 일으켜 숲을 줄였지

원시인들은 그것을 보고
나뭇가지를 맞대고 문질러
불을 만들어 부려먹었다

그러다가 돌이 부딪쳐도
불이 나는 것을 보고
부싯돌을 만들게 되었고

사람들 생각이 좋아지자
성냥을 만들고

라이터를 발명해서
불만드는 도구가 늘어났다

오늘날 불이란 것은
사람을 도와주기도 하지만
모든 것을 지배하기도 하는
우리의 동반자가 되었다.

- 『文藝思潮』 제358호 초대시. 2020. 10

어머님의 눈동자

하늘의 북두칠성을 둘러싸고
모든 별이 움직여 돌아가듯
우리 집의 중심은 어머님이셨다

꽃 같은 새색시 적 내 어머님은
일본이 싫어서 만주로 가버리신
아버지를 기다려 긴 밤을 지샜고

해방 후에는 주린 배를 채우려고
진종일 힘든 논밭 일을 하시고도
삼베 길쌈으로 날밤을 보냈으며

나이 들어 자식들 다 큰 뒤로는
품 안을 떠난 그들의 걱정으로
밤잠을 설치셨던 수많은 나날들

팔각 소반에 정화수 받쳐놓고
칠성님께 치성을 드리시며

고적함을 달래시던 내 어머님

무엇으로도 못 채웠던 빈 가슴
그 외로움에 두 손을 모으고
칠성판에 누워 하늘로 가셨어도

저 하늘 중심축 북두칠성으로
지금도 잠 못 들고 깜박이며
나를 지켜보는 어머님의 눈동자.

– 『농민문학』 제113호 테마기획. 2020 가을호

열차 여행

순전히 내 뜻이 아니면서
어떻게 된 것인지도 모르게
나는 열차의 승객이 되었다

돌아보니 모든 사람들은
어느 사이 정이 들어버린
가족과 친지와 이웃이었다.

계절이 지나는 차창으로는
새싹이 눈을 뜨고 잎이 피고
푸나무가 꽃을 들고 반기고

산과 들은 색동을 입었다가
낡은 그림처럼 지워지면서
끊임없이 바뀌는 차창으로
눈이 내리고 다시 봄이 오고

새로 피는 잎눈처럼
승객들은 다시 바뀌며
비워진 자리를 메우고

계속 갈아드는 승객들은
오르는 데가 시발점이고
내리는 곳이 종착역인데

무한궤도의 열차에서 나도
행선지를 모르는 승객이다.

– 『문학과 통일』 제5호. 2019 가을호

버들피리

물오르는 버들가지에서
곰실곰실 기어 나오는
버들강아지를 보면

멀어 간 내 어린 시절에
아버지가 쟁기질하는
마을 앞들 방죽에서 불던
버들피리 생각이 난다

버들 껍질의 뾰족한 입술을
내 작은 입술에 포개 물면
즐거운 노래가 절로 피어나
돌팔매로 번지는 물무늬처럼
들판을 흔들며 술렁거렸다

잔잔하게 흘러가던 그것은
굽이굽이 감도는 강물이다가
휘몰아치는 파동이 되어서는

내 안으로 휘몰아 돌아와서
포말처럼 부서져 퍼지면서
나를 황홀경으로 몰아갔다

물오르는 버들가지에서
봉실봉실 피어나고 있는
통통한 버들강아지를 보면
내 어린 날이 거기 있었다.

– 『문학과 통일』 제5호. 2019 가을호

환생을 생각한다

고치를 짓는 누에를 본다
사람이 죽어 들어갈 관을 짜듯
누에는 스스로 자기 관을 짜서
그 안에 들어가 번데기가 된다

누에가 번데기로 바뀌면
움직임도 자라남도 없다
그대로 한 삶을 멈춘다

그러다가 어느 순간
태를 벗고 날개를 단다
나방으로서의 환생이다

나방의 전생은 누에였지만
이제는 먹는 것도 입는 것도
모양과 사는 법도 달라져
생명의 구슬인 알을 낳는다

알은 누에의 타임 캡슐로
지나간 전생이 들어있어
거기에서 누에가 탄생한다

나도 지금의 삶을 다하면
알에서 나오는 누에처럼
그렇게 환생할 수는 없을까

고치를 짓는 누에를 보며
나의 후생을 생각해 본다.

－『대산문학』 창간호 초대시. 2019. 12

부모님 묘 벌초

부모님 묘에 벌초를 갔다
맏아들이 예초기를 들고
아버님 묘에 풀을 깎았다

머리칼이 조금만 자라도
면도칼로 빡빡 밀어내시던
생전의 아버님 생각으로
마음이 숙연해지는 순간
거기에 아버님이 서 계셨다

너무 반가워 달려가니
집 뒤 산밭으로 향했다
종종걸음으로 뒤따라가서
고추를 따고 옥수수를 꺾어
싸리 다래끼에 담았다

집에 굴뚝 연기가 보였다
어머님이 기다릴 것 같아

서둘러 집으로 찾아갔다

검정 무명치마 앞자락으로
손을 닦으며 나를 맞으시는
어머님 눈에 눈물이 비쳤다
그 순간 무거운 바윗돌이
가슴을 짓눌러 숨이 막혔다

깜짝 놀라 정신을 차리니
아들은 이마에 땀을 닦으며
어머님의 묘를 깎고 있었다.

– 『다온문예』 제12호 초대시. 2019 봄호

그동안 고마웠소
– 혼자 떠나는 먼 길

깊은 잠에 든 것 같던 그가
간신히 눈을 떠서 둘레를 살피더니
누군가를 향해 입술을 움직였다
"그동안 고마웠소."
그러고는 다시 눈을 감았다

평생을 함께 지내왔지만
밖에서는 살가운지 몰라도
집에 들면 언제나 말이 없어
돌부처라고 불리던 사람이라
상상도 못 했던 말이었다

울면서 혼자 온 이 세상에서
서로 동행이 되면서부터는
꽃바람에 가슴 함께 설레이고
눈 서리에는 서로를 보듬었는데
이제는 갈림길에 왔단다

"그동안 고마웠소."
한 마디를 남기고 가다니
평생 약속인데 무엇 때문에
자기 마음대로 저버리는
용납할 수 없는 배신이기에
그에게는 하늘이 무너지고
땅이 갈가리 찢겨지고 있었다

이제 헤어지면 언제 보게 될까
어디에서 다시 만날 수 있을까?
모든 것이 지워진 어둠 속으로
한없이 굴러떨어지는 자신을
남의 일처럼 바라보면서
그는 신음처럼 중얼거렸다
"그동안 참말로 고마웠소."

─『文學新聞』연간집 제4호. 2020. 3

꽃샘바람

3월은 꽃신을 신은 동정녀
수줍고 소심한 것 같지만
속에는 간절한 소망을 품고
새로운 세상을 열어나가는
수레바퀴를 굴리며 온다

암울하던 누리가 열리면서
찬연히 밝아오는 새 빛으로
잠들었던 대지가 요동치며
새싹들은 파란 깃발을 펴들고

꽁꽁 얼어붙었던 물길은
웅크렸던 허리를 펴고
힘차고 당당한 걸음으로
광활한 대양을 향하고 있다

한 세기 전 3월을 생각한다
인간성을 버린 억압과 수탈
죽음보다 더한 모멸과 굴종

그 참담함을 쓸어버리고
황폐한 산야를 푸르게 덮던
그 의분의 함성이 들려온다

아이구, 아이구, 삼일이여!
오늘에 와서 새삼스럽게도
왜 그날이 생각나는 것일까?
거리에는 꽃샘바람이 분다

꽃신으로 걸어오는 3월은
소생과 번영과 평화의 화신
바람 끝이 차고 날카로워도
피는 꽃은 어쩌지 못 하리니

우리 모두는 가슴을 열고
3·1의 광장으로 함께 모이자.

– 『농민문학』 제107호 테마기획. 2019 봄호

움이 돋고 있다

베어놓은 나무 둥치에서
움이 파랗게 돋고 있다

뿌리도 가지도 없이
댕강 잘린 나무둥치가
살아나려고 안간힘이다

어찌 한목숨 중하기가
나무라고 다를 수 있으랴

이미 잘려진 몸일지라도
풀잎에 이슬 같은 숨결을
움으로 모아 피워보겠다는
나무의 몸부림이 눈물겹다

마을 어귀의 동구나무
뻐꾸기 목멘 울음소리에
푸르름을 더해 가고 있다.

– 대구 『도동문학』 연간집. 2020. 12